사고 뭉치 찾아요

그림 **백정석**

이탈리아 밀라노 브레라 국립미술원에서 회화를 전공하였습니다.
2002년 한국출판미술대전에서 입상 후, 프리랜서 일러스트레이터로 어린이책에 그림을 그리고 있습니다.
그린 책으로는 〈우리는 몇 촌일까?〉, 〈제이콥스가 들려주는 영국 옛이야기〉, 〈나 좀 그만 놀려!〉, 〈돌아오지 않는 개〉, 〈동물들이 울고 있어요〉, 〈뭐든지 사라지는 별〉, 〈깨끗한 손, 깨끗한 이〉, 〈헌혈견 엣지〉 등이 있습니다.

상상의집

"빨리 와, 뭉치. 우체국 문 닫을 시간이야.
할머니 생신에 맞춰 선물이 가려면 오늘 보내야 한다고!"
바깥나들이에 신이 난 뭉치는 여기저기 한눈을 팔았어요.
마음이 급한 예진이는 발걸음을 서둘렀지요.

하지만 뭉치는 놀이터에서 나올 줄 몰랐어요.

"도저히 안 되겠다. 나 혼자 얼른 다녀올 테니 꼼짝 말고 여기 있어."

뭉치는 예진이의 말을 듣는 둥 마는 둥 비닐봉지를 가지고 놀았어요.

"헉헉."

저 멀리 우체국이 보여요.

"문 닫기 직전이었는데, 운이 좋았구나."

"내일 꼭 가는 거죠? 할머니 생신에 선물이 도착해야 하거든요."

"그럼. '비행기처럼 빠르게, 계산기처럼 정확하게'가 우리 임무인걸."

베이커
크대잔치

선물을 받고 기뻐하실 할머니를 떠올리자 예진이는 신났어요.
쿵짝쿵짝 리듬을 타며 놀이터로 돌아갔지요.

"뭉치~. 뭉치~. 뭉, 치?"

그런데 아무리 불러도 뭉치가 달려오지 않았어요.

뭉치를 부르는 예진이의 목소리가 다급해졌어요.

"뭉치! 뭉치! 우리 뭉치 못 보셨어요?"

예진이는 '하루 종일 마트'에 들어가 물었어요.

물건값을 계산하던 주인아주머니가 놀라서 물었어요.

"왜? 뭉치가 없어졌어?"

“네. 놀이터에 잠깐 있으라고 했는데……. 으아아앙!”

“걱정 마! 사료 냄새를 맡으면 곧 나타날 거야.”

‘하루 종일 마트’의 주인아주머니는 사료를 들고

뭉치를 찾으러 나섰어요.

더블BIG
삼각김밥
진짜
음료
달코미

"아저씨, 우리 뭉치 못 보셨어요?"

하얀 연기 사이로 '번개 세탁소' 아저씨의 얼굴이 보였어요.

“뭐? 뭉치가 사라졌다고?”

“이 아저씨가 번개처럼 찾아 주마.

마침 배달할 물건도 있었는데 잘됐군.”

아저씨는 힘차게 자전거 페달을 밟으며 뭉치를 찾아 나섰어요.

번 개 세 탁
번개세탁소
번 개

"할머니, 우리 뭉치 못 보셨어요? 뭉치를 잃어버렸어요."

예진이는 '노곤노곤 목욕탕' 할머니에게 물었어요.

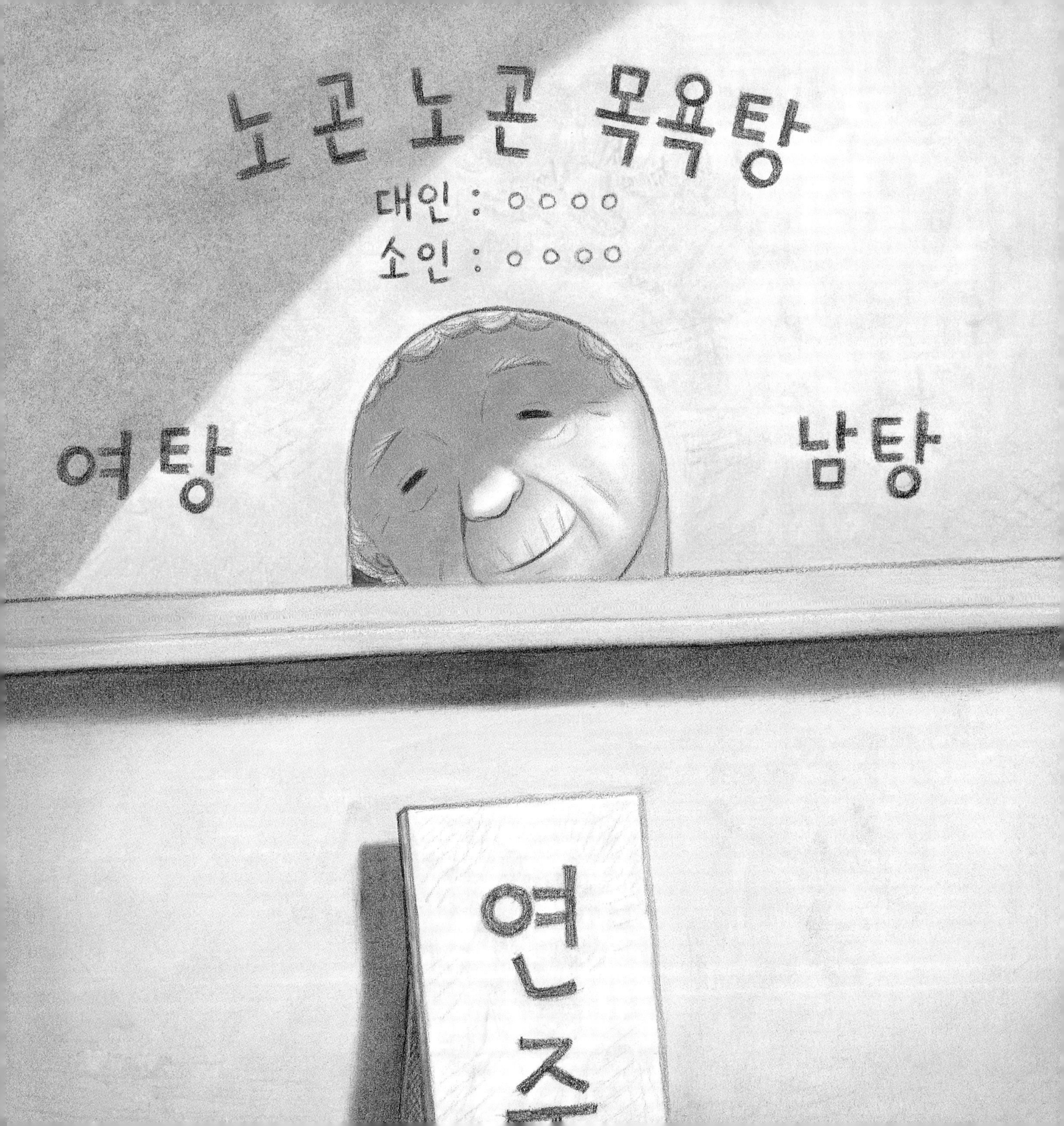
노곤노곤 목욕탕
대인 : ○○○○
소인 : ○○○○
여탕
남탕
연ㄴ

"에고 이런. 그 어린 게 어딜 갔을꼬.

하지만 걱정 없다. 이 동네는 할미 손바닥 안이니 금방 찾을 수 있을 게야."

"앗, 저기! 뭉치 꼬리다!"

빵집에 진열된 빵 사이로 뭉치의 꼬리가 보여요!

예진이는 잽싸게 달려갔어요.

생일케이크대잔치
단팥빵
1+1
최고 맛있는

하지만 그건 길쭉한 모양의 빵이었어요.

예진이는 울상이 되었어요.

"사고뭉치 뭉치가 없어졌다고?

내가 빵 부스러기를 놀이터 부근에 쭉 뿌려 놓으마.

그럼 분명히 뭉치가 나타날 거야."

빵집 할아버지가 고소한 빵 냄새를 풍기며 말했죠.

경찰
POL

“아저씨, 우리 뭉치 좀 찾아 주세요.”

순찰 중이던 경찰 아저씨의 눈이 동그래졌어요.

“당장 방송을 해 주마.”

"뭉치를 찾습니다. 강아지 뭉치를 찾습니다."

경찰 아저씨는 경찰차를 타고 마을을 돌아다녔어요.

세탁소 아저씨도 '세~탁' 대신 '뭉~치'를 외쳤지요.

빵집 아저씨도, 목욕탕 할머니도, 슈퍼 아주머니도

모두 뭉치를 찾아다녔어요.

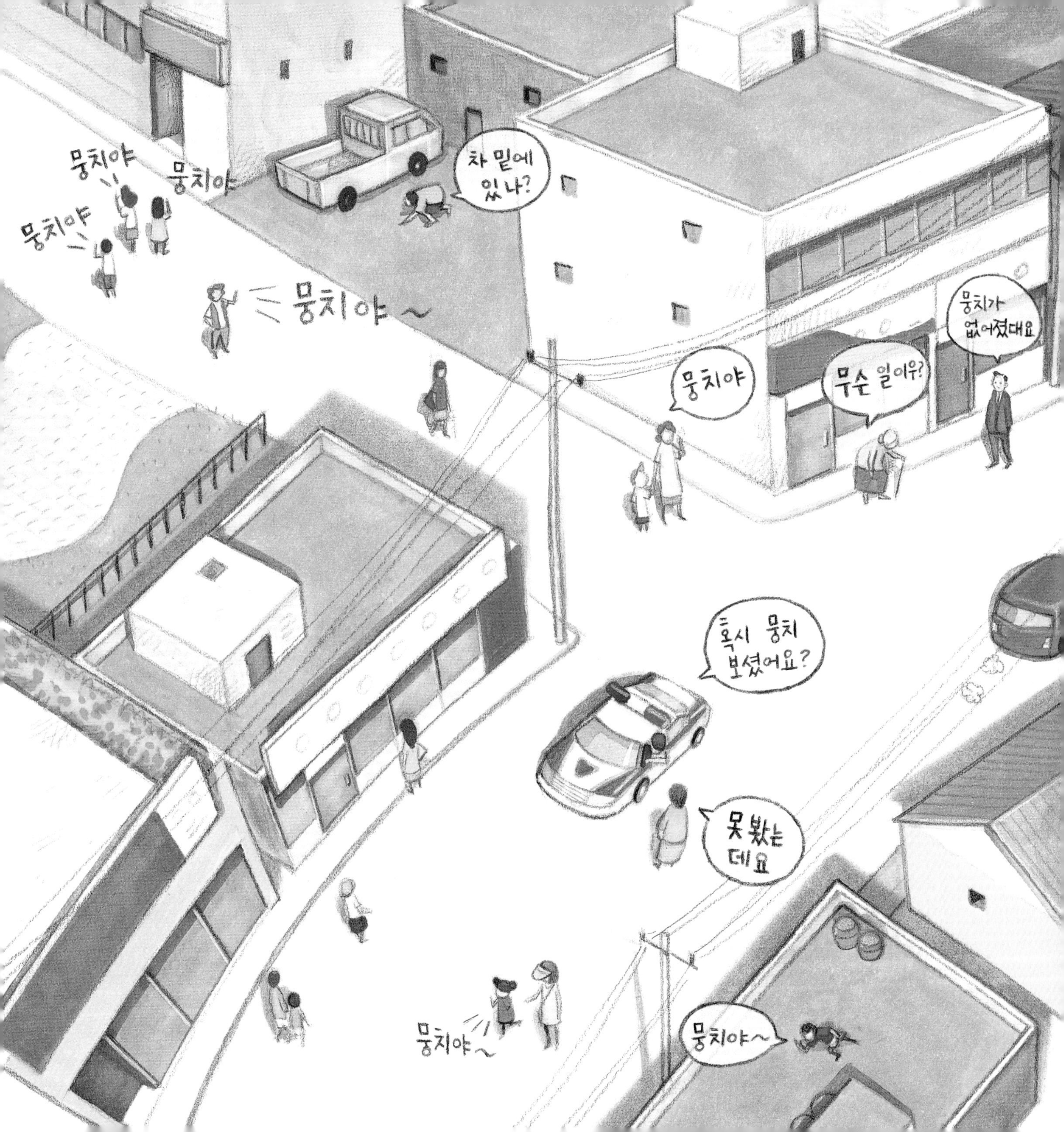
뭉치야
뭉치야
뭉치야
차 밑에 있나?
뭉치야~
뭉치가 없어졌대요
뭉치야
무슨 일이우?
혹시 뭉치 보셨어요?
못 봤는데요
뭉치야~
뭉치야~

뭉치야
뭉치야~
뭉치야 어딨니?
강아지가 없어졌나?
뭉치야
뭉치야 어딨니?
뭉치야 어딨니~
뭉치야 뭉치야
뭉치야 ~
도대체 어디 있는 거야

하지만 아무리 찾아도 뭉치는 보이지 않았어요.

예진이는 결국 울음을 터뜨렸죠.

“으아앙.”

경찰 아저씨가 예진이를 달래기 위해 큰소리를 쳤어요.

“내 직감에 의하면 분명 놀이터 근처에 있다.

경찰의 명예를 걸고 꼭 찾아 주마.”

"내가 분명히 여기 있으라고 했는데……. 흑흑.
내가 분명히 여기에……. 어?"
예진이는 그네 앞에 놓인 비닐봉지를 발견했어요.

비닐봉지를 들추자 뭉치가 곤히 자고 있지 않겠어요?

"정말 여기 있었잖아! 이 사고뭉치 녀석."

예진이는 잠든 뭉치를 꼬옥 껴안았어요.

생각 톡

★ 우리 마을을 둘러보아요!

우리 마을은 어떤 모습인가요? 도시에 사는 친구들은 높은 건물과 도로, 자동차 등을 떠올릴 거예요. 농촌에 사는 친구들은 드넓게 펼쳐진 논과 밭을 떠올릴 테고, 바닷가에 사는 친구들은 배, 부두, 등대, 바다, 갯벌 등을 생각하겠죠? 도시에는 교통, 문화, 산업 활동을 위한 건물과 시설물들이 많이 있어요. 제과점, 약국, 분식집, 병원, 백화점 같은 일반 건물과 주민 센터, 보건소, 경찰서, 우체국 등의 공공건물이 이에 속하지요. 도서관이나 공원 같은 공공 시설물도 많고요. 이처럼 사람들의 활동 결과로 만들어진 환경을 인문 환경이라고 해요. 반면 농촌이나 어촌의 경우에는 산, 강, 바다, 계곡 같은 자연환경이 두드러지지요. 이렇게 인문 환경과 자연환경을 잘 살펴보면 우리 마을의 특징을 파악할 수 있답니다.

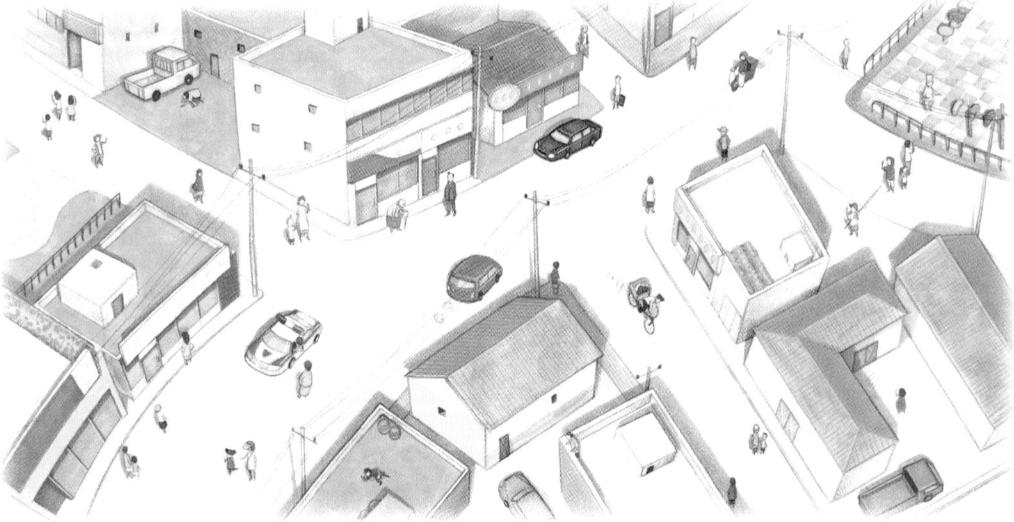

★마을 지도를 그려 보아요!

지도를 그리면 우리 마을의 모습을 한눈에 살펴볼 수 있어요. 학교를 중심으로 건물들의 위치와 방향을 구분하고 그림지도에 꼭 넣어야 할 것들을 골라 볼까요? 먼저 길, 다리, 철도 등을 표시하면 마을 사람들의 활동하는 모습을 쉽게 상상할 수 있어요. 산, 들, 강, 바다를 표시하면 마을의 자연환경을 떠올릴 수 있고요. 주택, 공장, 관공서 등의 건물과 공원, 놀이터, 건널목 등의 시설물을 그려 넣으면 사람들이 어떻게 사는지 살펴볼 수 있답니다. 우리 마을의 모습을 지도로 그려 보아요.

다리	
그림	기호
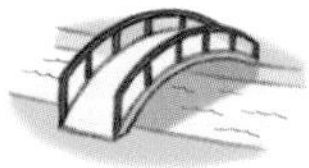	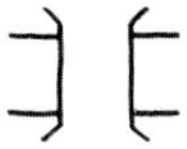

길	
그림	기호
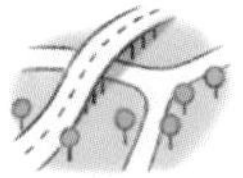	

건물	
그림	기호
	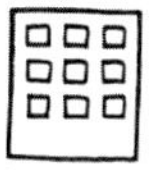

학교	
그림	기호

집	
그림	기호

논과 강	
그림	기호
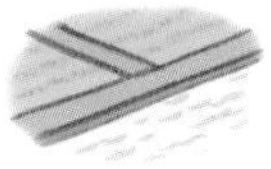	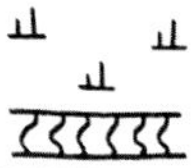

산	
그림	기호

과수원	
그림	기호

★ 우리 마을의 공공장소와 공공시설물을 알아봐요

우리는 학교에서 친구들과 함께 공부를 해요. 학교처럼 여러 사람이 함께 사용하는 장소를 공공장소라고 해요. 또 학교의 책상이나 칠판, 의자와 같이 여러 사람이 함께 쓰는 물건을 공공 시설물이라고 해요. 우리가 도서관에서 책을 빌리는 것도, 공원에서 화장실을 쓰는 것도 모두 공공장소에서 공공시설물을 이용하는 경우라고 할 수 있지요. 그런데 만약 공공장소에서 질서를 지키지 않고 공공시설물을 함부로 다룬다면 어떻게 될까요? 다른 사람들이 사용할 때 불편함과 불쾌감을 느낄 거예요. 여럿이 함께 사용하는 장소에서는 규칙과 질서를 잘 지키고 함께 쓰는 물건들은 소중히 다루어야 해요.

★ 마을 사람들은 어떤 일을 하나요?

살기 좋은 마을을 이루기 위해서는 마을 사람들이 저마다 맡은 일을 열심히 해야 해요. 만약 경찰관 아저씨가 일을 열심히 하지 않는다면 마을에는 크고 작은 사고와 범죄가 끊이지 않을 거예요. 마을에 병원이 없다면 병을 치료하지 못해 목숨을 잃을 수도 있어요. 이처럼 모든 일은 소중해요. 마을 사람들은 책임감을 갖고 열심히 일함으로써 서로의 생활을 돕고 생명과 안전을 지킨답니다.

★ '우리 마을 직업 사전'을 만들어요!

우리 마을에는 어떤 직업을 가진 사람들이 있나요? 다양한 직업과 하는 일을 소개하고 그 직업을 가진 사람이 없다면 어떤 일이 일어나는지 상상하여 '우리 마을 직업 사전'을 만들어 보아요.

우리 마을 직업 사전

직업	하는 일	이 직업이 없다면?
간호사	의사의 진료를 돕고 환자를 돌보아요.	질병에 고통받는 사람들이 많아져요.
경찰관		
선생님		
소방관		
요리사		
우편집배원		
환경미화원		

사고뭉치 찾아요

글 고상한 그림책 연구소 | **그림** 백정석
펴낸날 2022년 2월 15일 개정판 1쇄
펴낸이 김상수 | **기획 · 편집** 이성령, 권정화, 조유진 | **디자인** 문정선, 조은영 | **영업 · 마케팅** 황형석, 임혜은
펴낸곳 루크하우스 | **주소** 서울시 서초구 사임당로 50 해양빌딩 504호 | **전화** 02)468-5057 | **팩스** 02)468-5051
출판등록 2010년 12월 15일 제2010-59호

www.lukhouse.com
cafe.naver.com/lukhouse

ISBN 979-11-5568-504-4 64800
ISBN 979-11-5568-493-1 (세트)

※ 잘못된 책은 구입처에서 바꾸어 드립니다.
※ 값은 뒤표지에 있습니다.

상상의집